見果てぬ夢

藤田恭子
Fujita Kyoko

文芸社

目次

見果てぬ夢

夕日の思い出

まだ冷たい　春の風
木漏れ日が　あたたかな陽だまりを作る
夕暮れ

バス待つ人　みんな
背中を　丸め　携帯電話とにらめっこ
木漏れ日の美しさ　気づきもせずに
何だか　異様な光景
でも今にこれが普通の光景になるのかも

夕日は
木漏れ日の向こうに
思い出していた
むかし　夕日を　眺めながら
涙した少年たちを

むかし

平和な江戸時代が終わりに近づく頃
幕末・維新という大きな荒波が　押し寄せた
小さな小さな村々まで

けれど
その大波を　乗り越えて
名もない多くの人々が
負けることなくたくましく生きていた
嬉しい時は　笑い　悲しい時は　泣いて
自由と　幸せを　夢見て　明るく懸命に
生きていた

孫平の夢（一）

国富の庄

若狭の国　国富《くにとみ》の庄
三方を山に囲まれた　若狭の穀倉地帯
山裾に家々が集落をなし　南の平野に水田が広がる
天保の大飢饉にも　一揆の必要がなかったところ
奈良期　僧行基が開山した
　鳳聚山羽賀寺が羽賀に
　日置山小野寺が太良庄に在る

幸助

（父は七代目藤田孫左衛門　母は登美・福永氏）

江戸も末期　弘化元年（一八四四年）秋
ここ国富の庄　羽賀で　幸助（後に孫平）は生まれた
田畑山林を持つ裕福な家の　長子として

しかし　物心の付いたとき　彼は好奇の目にさらされていた
右目がなかった
流行り病　天然痘は　命の代わりに彼から右目を奪い去った
彼は　片目の泣き虫だった
片目といわれるたびに

他人《ひと》と違う自分がみじめで

ある日　泣いて帰った幸助に
母が　笑いながら言った
「幸助　母が見えるかい　母さんがきちんと見えるかい
幸助　歩けないかい　走れないかい
幸助　字が書けないかい
幸助　本が読めないかい
目が一つ見えないから　できないことって何だい
人ができて　お前ができないことないだろう
弟たちの面倒もよく見てくれているじゃないか
目が一つでも　大切な私の子供
世の中の邪魔者じゃないよ
目が一つでも　きちんとヒトの役に立つ人におなり
みんながお前の目なんか忘れてしまうほどに輝く人におなり」

駆ける

幸助は駆ける　朝　昼　夕
羽賀寺の階段を駆け上がる
眼下に　大きなヒノキの天辺がある
高いヒノキの　天辺が見える
ヒノキの天辺より　高くなった自分
でも　まわりには
さらに高くて大きな木が根を張っている
上へ　上へ　昇っても
越えても　越えても　終わりがない
上には上がある
大変だ

だから　いつも越えよう

牛とともに　田んぼを耕す人々
道路　川をなおす人々
あの川に　橋があれば　もっと早いのに
きれいな着物着た人　みすぼらしい着物の人
なんで違うのだろう
雨の日　風の日　晴れた日
天気も　毎日違う

眼下の世界を　流れる雲を
眺めながら　考えていた
ヒトの役に立つってどんなことかな
何をすれば　役に立てるのかな
役に立つ人になったら　母さん喜ぶかな

彼は駆けていた
立ち止まる時間が　勿体ないかのように

習い　学び　習い　学ぶ
寺子屋・寺の和尚から
道場の先生から
村のいろんな人から
「いろは」から　始まって　そろばん　書
論語に始まり
小学　大学　春秋　中庸　孟子
農学書　古典　詩歌
古今和歌集　新古今　万葉集
農業　牧畜　山林の書

人の　二倍三倍学び　習い　また学び

体も鍛えた
一刀流　小太刀　天神真楊流柔術
免許をもらう
何でも　かんでも　挑戦の日々

憩い

今日も
駆けて登って　寝転がる
夕日が沈む
寝ころんだまわりが　紅く染まる
木々の下　草むらの中
咲き乱れる小さな花も　紅く染まる
駆け続ける彼に　憩いなさいと
教えるかのように
誰も　見ていないのに

紅く輝く　小さな花たち
きらきらと　かわいくて　美しい
思わず出る笑み
何だか心が　軽くなり
肩の力が　抜けていく

空は　茜色　紫　紺碧　刻々変化
太陽は沈んでいく
小さな花も　暗闇に沈む
明日また　輝くために
太陽と　眠りに就く

古典や詩歌をゆっくり読み
ゆっくりと字を　書いてみる
母と　花を生けてみる

花を触っていると　ほっとする
穏やかな時間が流れる
「孫平は　自分の目を　自分で刀でくりぬいた」と
将来逸話になった
あの
「片目　何が悪い！　邪魔な目　自分でくりぬいたんだぞ
お前らにできるか」
泣きながらの叫びが　恥ずかしい
そんな気分に

なんとか

人の役に立ちたい
片目でも　何でもできる
認められたかった

黒船が来て
攘夷　開国　騒がしい
梅田雲浜《うんぴん》が藩から　追い出され
安政の大獄で　幕府に殺された
福井藩の橋本左内も　二十六歳の若さで極刑に
田舎でも　何だか　すごいことが起こる

何が正しいとか　間違っているとかではなくて
国を知り　住んでいるところを知り
自分が　そこで何を考え　何をすればいいのか

目の前の日々の暮らし　それはとても大切なこと
　田畑の収穫　山の管理
　農耕の合間に筵を作る
　大切なこと

やがて
学ぶ一方
私塾を開き
剣道　読み書きを教える
広く物を考え　実践する
基本は学問　それが信条

孫平に

今の　自分にできることは何か
今　しなければいけないことは何か
幸助は　実践しながら　考える
貧民救済運動
道路をなおし　橋を架ける

人の為に働くには
お金がいる
田畑を耕し　森林を育てる
忙しい
体も頭も　精一杯使う

二十歳　父が亡くなり

二十一歳　八代目を継いで孫平を名乗り　小浜藩士の扱いを受ける

米手形役所中二番申付ラル　父孫左衛門死去ニ付相続

苗字・高足・裃御免下シ置カル　弐人扶持九俵下シ置カル

維　新

時代は　維新へと　大きく変化
小浜藩から　最初の役職が来た
貧民救済掛り

次々来る役職
仕事はますます忙しい

妻と娘

「わたし　ゴジョゴジョです」と笑う
本当によく笑う
時折おすましの　森田家の五女きんと婚姻し
長女（とみ）が生まれる
可愛い
可愛い
天然痘にかかるなよ
元気に大きくなれよ

変な出会い

娘が　手を離し
一人で階段を　一段一段降り出した時
「ごめんなさい！」
私にぶつかって　転びそうになった
赤い帯の女の子
大きな眼　びっくりした眼

「大丈夫かい」に
「うん　本当にごめんなさい」
ぴょこりと　頭を下げる

孫平とはつとの出会い
かわいい女の子
娘の遊び相手
妻（きん）の手助けしてくれないかな
その時は　それだけの思いだったのだが

はつの思い出（一）　出会い

私は　はつ
一八六六年（慶応二年）二月三日
国富の庄　羽賀で生まれた
父は　柳田六松　母は　ます
柳田家の一人っ子

出会い

観音様の階段を　降りてくる
かわいい女の子
「かわいい！」思わず近寄った私

つまずいて
孫平様にぶつかった

「あぶない！」
転びそうになった私を
大きな大きな手が支えてくれた

がっしりした大きな手
とっても安心感があって
しっかり　大きく
包まれた感じ

とっても大きなものに支えられた安心感に
なんだか　心がうきうきして
怖かった孫平様が大好きになった

学校が終わるとお手伝いに行く
そんな日々が始まった

間もなく　芊平《せんぺい》さんが誕生
明治八年　秋の半ば
木々は　まだまだ　青々としている頃

孫平の夢（二）　復県運動

芋平が生まれたころ
羽賀は敦賀県から　滋賀県になる
板垣退助の愛国公党に入ったのもこのころ

取り組み

誰も　孫平の片目を気に留めなくなっていた
「にっくき天然痘」の気は燃えている
子供は　即　種痘を受けた

天然痘　いや流行り病はすべて敵
あらゆる流行り病について　予防策は何か

常に　勉強
コレラが流行った時　その予防策を
（陸軍軍医総監松本順著「コレラ俗間手当法」）
遠敷郡の人々に頒布できた

なんにでも懸命に取り組む
地租改正　地域経済　教育　土木治水等々
種々の問題に
すべてに真剣に　取り組む

復県運動

地租改正問題　治水土木問題等　嶺北と加賀に差があり
石川県議会がおさまらなくなって
石川県令が政府に建言　福井県新設となった
それはいい

だが
嶺南四郡も　福井県に編入とは
青天の霹靂
勝手な話である
積極的理由は何もない
政府と　力のある石川県令の勝手な指令

滋賀県から離れることは
利益がないどころか
むしろ　不利なことが多い
営業税　雑種税等を見ても
　滋賀県より高い

福井県県会議員に任命されたが
冗談じゃない　辞退し　同志三人と
東京へ
品川弥二郎相手に　直接談判　二か月やったが
功なし
但し　ただじゃ起きない
県会議員として戦う
　嶺南四郡への予算その他
滋賀県として可決されていたものはすべてそのまま

滋賀県小浜伝習学校を　福井県立小浜師範学校に
福井県立福井中学校と同時に福井県立小浜中学校発足
裁判は　金沢裁判所内に入ったが　京都裁判所管内に再編入
　小浜電信分局設置　等々
案件を　可決できた
その間
明治十四年には　板垣退助の自由党結成に賛同
明治十五年には　立憲政党の福井県遊説支援
実りの多い日々だった

四十歳になり　県会議員辞職

明治十九年には四女つね誕生
芊平は　懸命に勉強している
きんも　おはつも　とみも　明るく笑い
輝いている

三方郡長・遠敷郡長の役目
忙しい中に　充実と幸せがあった

芊平の哀しみ（一）　ガラス写真

わたしの名は「せんぺい」「芊平」と書く
母の名は「きん」
ちょっとおすまし
でも　明るくてよく笑う

夕暮れ

雨上がりの　夕暮れ
広がる田畑が　山々が
霞に包まれる
霞の中に
かすかに淡いオレンジ色の夕日が沈む

淡い光が　霞の中を　遠慮がちに
照らしている

「何だか　さびしいねぇ」
母のつぶやき
「でもきれいだねぇ
本当に　きれい」
振り返った　笑顔
つないだ芋平の手に　そっと力を入れる
柔らかな　あたたかな手

涙がでそうな　美しい夕暮れ
母さんと眺めた記憶
いつのころだろうか
ガラス写真を　撮ったころかな

ガラス写真

私は　四つくらいかな
羽賀は　滋賀県
忙しいながら　父がまだ家にいたころ

大きな石を　白い布で覆い
とりすました母と
魂を抜かれまいと踏ん張っている祖母
不安げな私

父が撮ってくれた　大切な写真
一枚のガラス写真

祖母と母と私　そして父と
いつも　近かったころの思い出が
詰まっている　大切な写真

父はこのころから
とても忙しくなり　大きくなり
どんどん遠い人になっていった

祖母(右)と母と芋平と。ガラス写真で父が撮影したもの。

自由民権運動　復県運動　県会議員　郡長

でも
子供には
種痘を受けさせ　学校を調べ
懸命に　レールを敷いてくれた

学　校

変化する学校教育制度の中
上へ上へ　父が敷いてくれたレールを走る
八年間で　五つの学校を卒業した
時には親元を離れて

羽賀のうちに帰ると
妹たちが少しずつ大きくなり
おはつが　きれいになる
大きくなったら　おはつは
私のお嫁さんになると思っていた

母さんは　輝いていた
おはつに負けないくらい　きれい
そして　よく笑う
時々　ツンとおすましし
「芊平さん　お帰りなさい」
丁寧な答え　と思うと
「上品にするのは　たいへん」
と言って明るく笑う

なのに

さようなら母さん

母は「お帰り」とは言ってくれなかった
美しく化粧され　白い布の下で眠っていた

母さんが　死んだなんて　信じられない
母さんは死んだんだ
「母さん　母さん　芋平お帰り　お腹すいたかい……
もう一度　言って笑って　　もう一度」

どこかで赤ん坊の声がする
生まれたばかりの弟
かわいそうに　母さんのあたたかさ知らないんだ

かわいそうだよ！

二つにもならない妹のつねを
抱きしめておはつが泣いている
つねは抱かれたまま
「おっかおっか」
母を呼ぶ　なにもわからずに
舌足らずに

全部　夢のよう
まわりが　白くかすんでいる
ずーっとむかし　母さんとみた夕日の世界
美しいけれど　寂しかった

母さん　お願い　もう一度
「せんぺい　お帰り」と言って

夕日の世界は　寂しくて　頼りなくて
一人では　耐えられないよう　母さん

母さんは　三十九年の短い生涯を終えた
幼い子供を　残して

生まれたばかりの　弟も
やがて亡くなった
そして　とみ姉さんまで

父が　あのガラス写真をくれた
大切にしろと

孫平の夢（三）　妻との別れ

きんとの別れ

明治も二十一年になる
　小浜で大火　消失家屋五百戸
炊き出しや　コメの提供などの采配
しかし　火事の傷も癒えないこの地に
若狭道開削の地元寄付金集めが通達された
大火後の大変な人たちからは　もらえない
悩みは　大きい

そんな中
九月　妻きんが亡くなった
二十六年間私を支えてくれた妻が

次男を生み　そのまま
　この子も　一歳にならずに旅立った　戒名・如電孩子（俗名・稔）
芊平は十三歳　四女つねは二歳にもなっていない
背中がなくなったような　足が掬われたような
寂しさ　頼りなさ　に襲われたが

悲しんでいる　暇はない
家庭も　仕事も　問題山積

小さな子供の世話を　はつに頼んだ
母親になってやってくれ
勝手な頼みだが
彼女は　快く引き受けてくれた

はつの思い出（二）　母親に

わかれ　母親に

明治二十一年
二十六年間　孫平様を支えていた奥様が
小さなお子を残し
亡くなられた
生まれたばかりの　ご次男も
稲妻のような　速さで
亡くなられた

つね達の　母親になってやってくれ
芋平の姉になってやってくれ
頼まれなくても　そのつもり

今までも　これからも

つねちゃんは　これから
芋平さんは　頭はいいけれど
とても几帳面　真面目
真面目すぎることが　危なっかしいことも

孫平様は哀しみを　乗り越えて
駆け続けるのです
仕事のことは　わかりません
羽賀に帰った時
みんなの笑い顔があれば
彼は元気に働ける
そう思うだけ

でも
私との出会いのきっかけとなった　とみ様も
間もなく　亡くなられました

孫平の夢（四）　衆議院議員

衆議院議員

明治二十三年七月
第一回衆議院議員選挙に当選
国会議員として
国のため　町のため　村のため
仕事はさらに　忙しくなった

しかし　政変は　激しく
明治二十六年　星亭処分問題で　自由党脱退
正義自由同志倶楽部設立に参加
その後も
合併や新党結成　めまぐるしい渦に巻き込まれ

明治二十七年三月　四十九歳
第三回衆議院議員選挙で落選し
野に下った

羽賀でのひと時

仕事は山積
つねが「妾の子」
といじめられるのをみて
はつとの　婚姻することを決意
　はつは柳田家の一人っ子
　はつの婚姻には廃家届認可を要したが

芊平の　行き先のレールを
また敷いた
芊平に　今乱立し始めた
銀行の仕事をさせるために

外にあっては
牧場経営　養鶏　田畑の管理
銀行設立　経済発展への支援
遠敷郡郡会議員
休む暇なく　忙しい日々
しかし　落ち着いた生活があった

芊平の哀しみ（二）　農学校

私立東京農学校

独脩の苦労　学歴のない苦労
させまいと
父は　私の為に　レールを次々敷いてくれる
小学校高等科　卒業後
東京へ
徳川育英会育英黌に入学

まじめに　黙って勉学に励む自分がいる
何も考えず
父が敷いてくれた　レールを走っていた
そうすることは　楽だったからか

何もかも嫌になることもあった
そんな時　ガラス写真の母さんを見る
母さんと眺めた　霞の中の夕日を思い出す

母さんを　思い出しているのは
もう
私だけに　なったような気がする

徳川育英会育英黌は
私立東京農学校となり
明治二十六年　卒業
第一回卒業生である
　父が　衆議院議員選挙に落選した年

東京簿記学校　銀行事務員養成所

父は　学歴のない苦労を
資格が大切なことを
身をもって体験していた
なにをやっても　父には学歴がない
父の履歴書の学歴の欄は　独脩

再び東京へ
東京簿記学校で　商用簿記科を卒業
私立銀行事務員養成所で実践を学ぶ
これも　父が敷いたレール

新生活

明治三十一年
漢方医の娘と婚姻　名は乃ぶ
兄弟が十人以上いる　農業は知らない

福井に設立された銀行の一つに　就職
新婚生活が始まった
給与があり　賞与がある　サラリーマン
給与は毎年　少しずつ　アップ
羽賀のように　にぎやかな人の出入りはない
静かな　家族の生活

妹たちが　上の学校へ通うためにやってきて
居候するくらいが　変化

家族だけの生活
静かな　明るい生活
長男賀一《よしかず》が　明治三十二年誕生
四年後　長女　誕生

長　女

幸せの中に
小波《さざなみ》が立った
長女の　耳が聞こえていない
義兄に診断を仰いだ
義兄は　頭を横に振った

私も乃ぶも　息をのんだ
嵐が　胸の中を吹き荒れる
娘が　不憫で不憫で　じっとしていられない

東京から　帰ったある日

乃ぶは
「覚悟　決めましたよ
不憫がっていても　前には進めない
この子は　音の世界を知らないでしょう
でも　初めから知らないのだから」

この子は目が見える
手も足も　動く　歩ける　走れる

音のない世界が不自由なのは　音の世界に住んでいるから
音のない世界で　生きていけるようにすればいい
乃ぶは　どうするか　考え考えた

見える目と手を使う技術を身につけさせる
決心し
そして実行する手段を考えた

郵便はがき

料金受取人払郵便

新宿支店承認

5816

差出有効期間
平成25年3月
31日まで
(切手不要)

1 6 0 - 8 7 9 1

843

東京都新宿区新宿1－10－1

(株)文芸社

愛読者カード係 行

お名前《ふりがな》			明治 大正 昭和 平成	年生
ご住所《ふりがな》	□□□-□□□□			性別 男・
お電話番号	(書籍ご注文の際に必要です)	ご職業		
E-mail				
書名				
お買上書店	都道府県 市区郡	書店名		
		ご購入日	年 月	

本書をお買い求めになった動機は?

1.書店店頭で見て　2.知人にすすめられて　3.ホームページを見て

4.広告、記事(新聞、雑誌、ポスター等)を見て (新聞、雑誌名

上の質問に1.と答えられた方でご購入の決め手となったのは?

1.タイトル　2.著者　3.内容　4.カバーデザイン　5.帯　6.その他(

ご購読雑誌(複数可)	ご購読新聞

芸社の本をお買い求めいただき誠にありがとうございます。
の愛読者カードは今後の小社出版の企画等に役立たせていただきます。

書についてのご意見、ご感想をお聞かせください。
内容について

カバー、タイトル、帯について

社、及び弊社刊行物に対するご意見、ご感想をお聞かせください。

近読んでおもしろかった本やこれから読んでみたい本をお教えください。

後、とりあげてほしいテーマや最近興味を持ったニュースをお教えください。

分の研究成果や経験、お考え等を出版してみたいというお気持ちはありますか。

ない　　内容・テーマ（　　　　　　　　　　　　　　　　）

版についてのご相談（ご質問等）を希望されますか。

する　　しない

力ありがとうございました。
寄せいただいたご意見、ご感想は新聞広告等で匿名にて使わせていただくことがあります。
客様の個人情報は、小社からの連絡のみに使用します。社外に提供することは一切ありません。

籍のご注文は、お近くの書店または、ブックサービス（0120-29-9625）、
ブンネットショッピング（http://www.7netshopping.jp/）にお申し込み下さい。

小さな頃　病気ばかりし
久しぶりに出会った人に
「あれ　お乃ぶさん　生きていたの？」
なんて言われたというのに

しなやかで　たくましい

孫平の夢（五）　新舞鶴町

新舞鶴町へ

明治四十一年
新舞鶴町の町長の話が舞い込んだ
実際　うれしかった
六十四歳　まだ働ける
最後の公の仕事になるだろう
快く引き受けた
真摯に最後に取り組む仕事

芊平の哀しみ（三）　はつと芊平

羽賀へ

父は　新舞鶴町町長を承諾
明治四十一年暮れ　はつと舞鶴に移住

その時
また　レールを敷き　私は乗った
早稲田大学　高等国民教育科講義録を修了

はつと芋平

私は　十歳年上の人なのにおはつと呼ぶ
おはつは　芋平さん　怒った時は芋平！　と叫ぶ

大きすぎて　近寄りがたい父
そんな父を　母亡きあと　おはつが黙って支えている
母が残した　小さな子を　我が子のようにいつくしみながら
そして　廃家届を出し
父の妻になった人　（二十九歳）
舞鶴へ移転と決まった時
おはつが　真面目に忠告してきた

「芋平　よく聞いてな
あなたは　孫平の子だけれど　孫平じゃない
孫平にはなれない
これから先　きっと孫平を　求められる
そのとき　芋平として　生きてなきゃいけないんだよ
あなたは孫平じゃない　芋平なんだから」

「年上だと思って生意気言うな
後妻だろう」
って　ちょっぴり腹を立てて言った

おはつは　怒りもせず　でも
少し　寂しげに
「なんて言われてもいいよ
私は　芋平が大好きだから
だから　言っておく

いつか　思い出すようなことが
無ければいいいんだけれど」
と

引き継いだ仕事

父を継いで農業　父の始めた牧畜業
父の関与していた銀行の仕事
仕事は　次々に降りかかってきた
父は舞鶴からあれこれ　こまごま言ってくる

私なりの　稲作・畜産・野菜栽培など
十代に習った　農学を実践していった
乃ぶは
ミシンを購入　長女に　難しい刺繍を教える
少々生意気な　父に似た息子
すくすく育つ　次・三女

穏やかな生活が　続く

父は町長辞職後も舞鶴にとどまり
同志たちの活動を　活発に支援していた

はつの思い出（三）

青戸入江

新舞鶴町は
海軍の町として　発展し始めていた

準　備

舞鶴へ移住準備しながら
「とっても　きれいな海がある
いつも　おはつに見せたいと思っていた海
途中でゆっくり　眺めような」
楽しそうな彼の笑顔
「まだ　仕事がある　うれしいじゃないか

おはつと　二人で旅に出る　うれしいじゃないか」
遠足に行く　子供のように　はしゃいでいる彼
もう羽賀へは帰らないつもりと
しっかり　骨を埋めるつもりで働くという

青戸の入江

青戸入江
それはそれは　美しい海でした

深い深い　青緑色
お日さまの光も　吸い取ってしまって
小波ひとつ立ってないような
静かな　海面

彼はこの海を見て
心を休ませていたのでしょうか
嵐のような日々の中で

彼の定宿
和田の伊勢屋さんに一泊

海に沈む　夕日に
海を輝かせる　朝日に
涙し　祈りました

孫平の　最後の仕事に幸あれ！

新舞鶴町にて

明治四十二年二月　新舞鶴町の第三代町長に就任

彼は　持ち前の馬力で
忙しく　働く毎日になりました
もう欲も何もない
ひたすら　仕事をすればいい
難問も　苦にならない
働けることが　嬉しくて　楽しいと笑顔

もちろん　その間も　羽賀に落ち着いた
芊平さんを　叱咤激励
同志たちへの支援は怠りません

明治四十三年
軽い脳卒中を起こし
迷惑をかけてはいけないと　辞職

その後も舞鶴を起点に
羽賀へ　小浜へ
全国へ
飛び回る日々が続きました
むしろ　町長の時の方が　一緒にいたような気がします

便り

彼ほど　筆まめな人はいるでしょうか
書いていると　心が休まるというのです

どんな旅先でも
着いた　いつ帰る
何月何日　何時に何をした
誰と会ってどんな話をした
どう考えた
絵葉書が　舞い込むのです
絵葉書は　馬車に乗って　やってきます

一日でも　葉書がこないと心配になることも
絵葉書より　早く帰ってきたこともしばしば

でも　少しずつ　彼も年をとっていきました
謡曲をやったり　花を生けたり
海を　眺めに散歩　などと
優雅な日が多くなってきていた
ある夏の日
かなしい知らせが　届きました

あの馬車に乗ってきたのは　かなしい手紙
賀一《よしかず》さんが　不治の病
彼に似た　しっかり者の　賀一さんが

賀一さん

彼は　孫平の孫
芊平と乃ぶの長男
元気で明るい子

タケノコが　伸びるころ
山に入り　タケノコにヨシカズなんて落書きをし
僕まっすぐ　伸びるよ
なんて
少々生意気な面もある　かわいい男の子

芋平と幼少時代の長男賀一。

芋平の哀しみ（四）　息子賀一

大正六年
息子賀一　小浜中学を卒業し
仙台の高校に　入学
夏には次男が誕生
七十半ばの父も元気

賀一

大正八年　大波が起こった
私と乃ぶが　転覆してしまいそうな大波
長男賀一が　肺結核

そんなに持たない状態と
義兄の病院に入院
この頃父も軽い脳卒中を起こす

息子は　祖父を心配し
私たちが無理をしないよう心配し
苦しい中に　元気そうな便りをくれる
「胸の水を三百cc　抜きました
とても楽になり　熱も下がり　食事もとれます
東京の夏は　暑いから
わざわざ　上京はいいですよ
帰る時　迎えに来てください
舞鶴のおじいさんの容体はどうですか」

病室にて

秋風が吹き始めるころ
乃ぶと　賀一の病院を訪れた
病室に　涼しい秋風が入る
西日が　柔らかく窓から差し込んで
蒼い賀一の顔を　赤く照らす

町の家々　屋根屋根が薄く霞み
静かに　夕日が　屋根の向こうに沈んでいく
霞んだ夕日
母さんとみた夕日

「夕日って美しくて　悲しくて　寂しいね」
賀一が　窓を眺めながら　つぶやいた
いつかの　母さんのつぶやき
でも　賀一は　笑って振り返りはしなかった
そっと涙をぬぐい
肩を震わせている
乃ぶの肩も　小さく震える

母を亡くし　今また息子を亡くす
全てが砕け散る　心も体も　木端微塵
みんな　おなじ気持ちに耐えている
私も　乃ぶも　賀一も
舞鶴の父も　おはつも

大正八年十二月二十一日

木々が赤く染まるころ
息子は羽賀に帰ってきた
彼は　自分が長くないことを悟っている
これから寒さが厳しい羽賀でどれだけ生きられるのか

大正八年十二月二十一日　午前零時
降り始めた雪は　庭を木々を白く輝かせた
雪明りの庭を眺めながら
息子賀一は　二十年の生涯を閉じた

大正九年二月
父が舞鶴で　おはつに
見守られ　亡くなった
静かに　眠るように
父の最後を　覆ったのは
賀一の訃報という　悲しみだった

賀一のひとり言

　母さん　父さん　じいちゃん　おはつさん
　ごめんなさい
　先に逝く　不幸をお許しください

明治三十二年秋
みんなに　祝福されて　僕は生まれた

祖父のように
一人で頑張り悩む必要はなかった
父のように
学校を求め転々とすることもなかった

祖父の学んだ　父の学んだ　書物に囲まれ
明るい家族に囲まれ
僕は　幸せな子供だった

中学時代
何を学ぶか　なぜ学ぶか　など
贅沢な悩みに悩み
大町桂月に心酔したこともある

大正六年　仙台の高校へ
友と　将来の希望を　理想を語りあう日々
祖父のように　生きるか　伯父のように　生きるか
ふるさとでは
弟が誕生し
兄貴ぶりを発揮するぞと勇んだり
幸せな日々が　続くはずだったが

高校生活最後の春
突然　苦しい呼吸　続く熱に悩まされる
伯父の病院へ
そこには　死の宣告が待ち受けていた
肺結核　胸に水がたまっている

母は肝をつぶすだろう
父はなぜって　怒るだろう

祖父は　不自由になった手に筆を持ち
便りをくれた
「馬鹿野郎　生きろ」
と
暑い夏は乗り切った

秋　ふるさとへ

十二月初め　京都の三高に行った友から便りあり
高校生活最後の年が暮れる　何をしただろうか三年間と
返事は　家族から出る　僕の訃報

大正八年　僕には　人生最後の年
来年はない　いわんや未来はない

母が　弟を抱いていつもそばにいてくれる
ありがとう　ただ感謝

大正八年十二月二十日
朝から雪
庭が白くなっている
松の木に　雪が花のように　乗っている

「雪よ
僕を　まだ見たことのない世界へ
いざなうためにやってきたのかい」

夜の闇の中　白い雪明り
片言のおしゃべりをやめて
かすかな寝息をたてる弟

母に言った
「ちょっと　あっち見てて」
布団をかぶる
ふと　頭に校歌が浮かぶ
「われ人生の　朝ぼらけ……
高き理想を　身の生命……
絶えぬ進歩の　跡のこせ」

何もかもなくなる自分に
涙しながら
ぼくは自分に別れを告げた
「さようなら　よ　し　か　ず
さようなら　この世」

大正八年十二月二十一日　午前零時
彼の　胸は動かなくなった

孫平の夢（六）　見果てぬ夢

見果てぬ夢

それは　突然やってきた
少々足腰が弱り　はつと謡をやり花を生ける
そんな時間が少し増えてきて
眠るように　この世から消えることを考え始めていた時

賀一が　不治の病
それも　もう長くない
妻を失った時の　衝撃　悲しみが私を襲った
いや　耐える力の弱った私には
生命を断つほどの
大きな一撃だった

賀一は　世に出ていく男
家にいては芋平を助ける男

大正八年十二月二十一日
届いた訃報は
私から　すべてを奪った
生きることの　張り合いすべてを

古今集にあったなぁ
「命にもまさりて惜しくあるものは
　見果てぬ夢の覚むるなりけり」
私の見果てぬ夢は　賀一に受け継がれるはずだった
私のやってきた仕事を　賀一に期待していた？
いや　違う　私は賀一を愛していた
本当に　愛していた　期待とかそんなもの通り越して

愛しているものを失う悲しみ　もうたくさんだ
胸が　張り裂けそうだった
彼の手紙にあったな
ぼくが　先に逝くでしょう
じいちゃん　ぼくの分も長生きして
父さんと母さん守ってと

「馬鹿野郎　人の心配なんかするな
お前が　生きろ」
むなしいさけびと　わかっているが

はつ　さようならだ

大正九年二月
はつ　さようならだ
ありがとう　私の為に　尽くしてくれた
皆から　後ろ指差されながらも
自分の家を　廃家にして
私の子供たちを　育て
私の仕事を支え

ありがとう　はつ

芋平を　見守ってくれ

お乃ぶを助けてやってくれ
まだ幼い光男　見守ってくれ

なにも　お前に残せないが　悪く思うな

青戸入江　静かで美しかったな
あの静かな美しい世界へ先にいく
ゆっくりでいいぞ　ゆっくり来い
いつまでも　待っているから

はつの思い出（四）　お別れ

しばらくのお別れです

大正八年十二月二十一日
賀一さんの　訃報が届きました
私は　どうすることもできません
私さえ　涙が出ない　どん底に落ちた感じ
彼の　悲嘆は　想像を絶するものでしょう

賀一さんの訃報二か月後
大正九年　二月
彼は静かに息を引き取りました
青戸入江の海面のように　静かに

目が一つでも　人の役に立つ
決心して
文武ひたすら学び
羽賀総代
戸長　自由民権運動
復県運動　県会議員
郡長　衆議院議員
郡会議員
そして
力いっぱい新舞鶴町町長をやった
持てる力　全部出して
精一杯　働いて
彼は　人生を駆け抜けました
駆け抜けて　行きました

芊平の哀しみ（五）　約束手形

六百円の約束手形

父は　私のために　レールを敷いた
目を失うことのないように
師を　探し　彷徨わないように
まっすぐのレールを敷いてくれた

なのに　私は　自分のレールを敷くのを忘れた
働くために必要なこと
必要な知識
父が敷いた　レールの上にあった

息子の死　父の死

私の前　草が生い茂った
しかし
父の子の肩書きが　突き進ませた
いろいろな役職をこなしながら
父がいなくても大丈夫　何でも来い
生意気に考えていた
ゆっくり　考えもせず

大正十五年
六百円の手形　友から頼まれて振り出した約束手形
これが　私を破滅させた
昭和二年の大恐慌の　追い打ちをうけ
債務不履行

蔵の中に詰まっていた品々も
六百円の前には　三文の値打もなかった

ありったけのものを手放し
残ったものは
わずかばかりの田畑と山一個

家族みんなが鍬を持ち
三和土《たたき》に座り
筵を作る

誰もが　笑顔を忘れず
働いてくれる

田んぼなんて入ったこともない乃ぶが
田植えをし　田んぼを見回る
「疲れるけれど　稲が伸びてくる
毎日毎日　伸びている
とても　素晴らしいこと　実感している」と

彼女は　やはり
しなやかで　たくましい

芋平らしく

私は　きちんと教育を受けた
約束手形不履行のときは　どうなるか知っていた
ただし　それは　他人ごと

父の死後も　父への感謝状が私宛に来る
父は　自分が働いて得た財産は
すべて地域の為に使ってしまっていた

何だか私が　感謝状をもらうことをやったような感覚を持ってしまう
この感謝状は　本当はおはつがもらうべきものだったのだが

そして
友の為に　疑いもせず　本当の価値も分からず
六百円の約束手形を振り出し
家族を　どん底につきおとした
私の家族への　罪は大きい

おはつに言われた「孫平にはなれない
あなたは芊平　孫平じゃない」
芊平として生きること
今それは
まじめに　与えられた　時を乗り越える
これしかない
だが　私は苦しかった
申し訳ない

昭和七年　晩秋

三女は　京都の女学院を卒業し　先生になってくれた
次男　光男は　小浜中学へ通っている
父に似て　学問好き
乃ぶは　苦しい家計を　切り盛りしている
長女の夫も　黙って協力してくれる

芋平らしく　生きる
それは　小さな幸せを
真面目に生きることだったのかな
それが　私という人間が
人の役に立つための　役柄だったのだ

秋も深まるころ
膝の上で　泣きだした孫を
紅葉の枝を振って　光男があやしている

突然
光男が賀一に　目の前に　賀一！
母さんがいる
とみ姉さんも
みんな笑ってる
夕日に照らされて　みんな笑っている

芋平はそのまま　脳卒中で
五十七歳の生涯を閉じた
晩秋の冷たい雨風の日に

自分らしく

私の子供たちは
国が敷いたレールの上を　走っている
長いようで　短い人生
たった一回きりの人生
あたたかいレールを走りながら
自分で敷くんだ　できる限りたくさんのレールを
いやなレール　悲しいレール　うれしいレール
いろんなレール　敷いて走れ
たった一回の　人生なんだ
自分で考え　自分で進め
時間は　たっぷりあるようでない

無駄にするな

しかし
立ち止まることも　振り返ることもまた大切
そのために駅がある

はつの思い出（五）　その後

その後

危惧していたことが　起こりました
昭和三年　芋平さんが
破産です
友のために振り出した六百円の約束手形のために
でも
彼は　耐えました　黙々と
でも
こたえたのでしょうね
彼は　とっても生真面目だったから
昭和七年十一月　冷たい嵐の日

彼は　脳卒中を起こし　帰らぬ人となりました

人はいろいろ言いますが　構いません
なんと言われようと
芊平さん　あなたは私のかわいい弟　大好きな弟
大切な孫平の子です
父の言いつけを　ひたすら守ろうと　必死に生きてきた子
母を失う　息子を失う　そのかなしさに耐えて
必死に　生きていました
かわいそうなくらい　必死に

あなたの死は　こたえました
でも　私　はつは　生きていきます
あなたに代わり　なにもできませんが
光男が　大きくなるのを　見守ります

孫平　芊平　賀一　いつか　忘れられるでしょうが
はつは　生きている限り　思い出します
生きている限り

昭和二十一年五月

間もなく　あの戦争が始まり
私は
舞鶴を　引き揚げ　つねのもとに
光男が戦地に行ってしまい
無事をただ祈る日々

昭和二十一年五月
五月晴れ
戦地から帰った光男が　妻子を連れ
逢いに来てくれました

青戸入江へ
入江の美しさ　わかるでしょうね
この小さな光男の子にも

芊平さん　賀一さんが
光男に　この小さな子に　ダブります
涙が　止まりません

今　昭和の維新です
何もかも失くした　日本
でも　入江を見つめる彼らの目は輝いています
彼らは　新しい日本の中で　それぞれ生き抜くでしょう

六月　私　孫平のところへ　旅立ちました
八十一歳　孫平より　年上になって

時は流れ

平成二十二年五月二日　五月晴れ

新舞鶴町
「ばんだい橋じゃない　まんだい橋」
「だいもん通りじゃない　おおもん通り」
孫平とはつの住んでいたところ
むかしの海軍の町
三笠・朝日・富士・初瀬・八島・敷島通り　等々
通りの名に　昔が偲ばれる

赤レンガ倉庫　大きな艦が
並ぶ港
五月の陽光が
赤茶けたレンガを　海を　艦を　照らす

孫平とはつの町　新舞鶴町
明治を知る人は　もういない

でも
青戸入江は
時の流れなどなかったように
昔と同じ　深い深い青緑色のまま
静かに　横たわっている

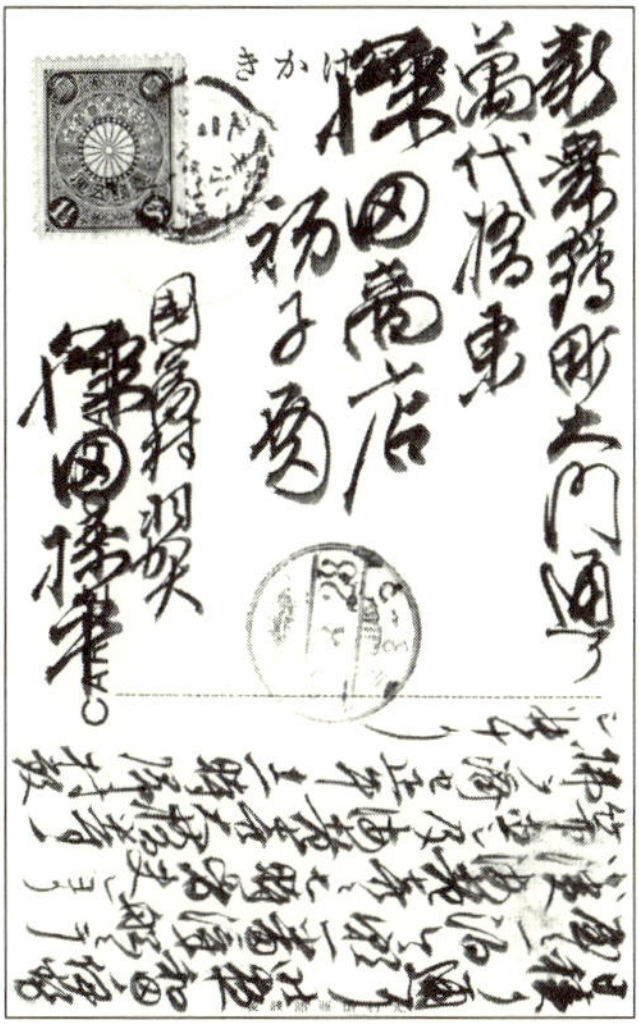

孫平からはつに宛てた葉書。
下段には和田伊勢屋の名が見える。

そこは
〝静かで平穏な　深く美しい一生を人々に〞
孫平の　見果てぬ夢の世界

あとがきとして

祖父芋平はお妾さんを持つような生活をして財産をなくした。私はその妾の子おつねさんにそっくりなのだそうだ。

右目をつぶった髭のおじいさんの肖像画。この人が曾祖父孫平。髭の手入れってどうするのかな。大変なんだろうな。

二十歳で亡くなったおじの名前も、お妾さんの名前も知らなかった。つい最近まで　その程度が私の知識。

古くなると消滅していくと聞き、取り寄せた数枚の戸籍謄本は、私の知識を一変させた。

戸籍謄本は教えてくれた。はつは、芋平の妾ではなく孫平の後妻。つねは孫平の先妻の子。若くして世を去ったおじの名は賀一。

そして　そこに書かれた数行の文は、孫平の生きていくための努力、その孫平の半生を支えたはつの思い、時代の流れに翻弄された芋平の哀しみ。賀一の無念を映し出した。

彼らは私の中に生き返り語ってくれた。

長いようで短い喜び悲しみの繰り返しの人生を大切に生きることを。

そして移り変わる世の中で、こういう人たちが日本中に生きていたことを。似ているようでもひとりひとり違う大切な人がいたことを。

『見果てぬ夢』登場人物

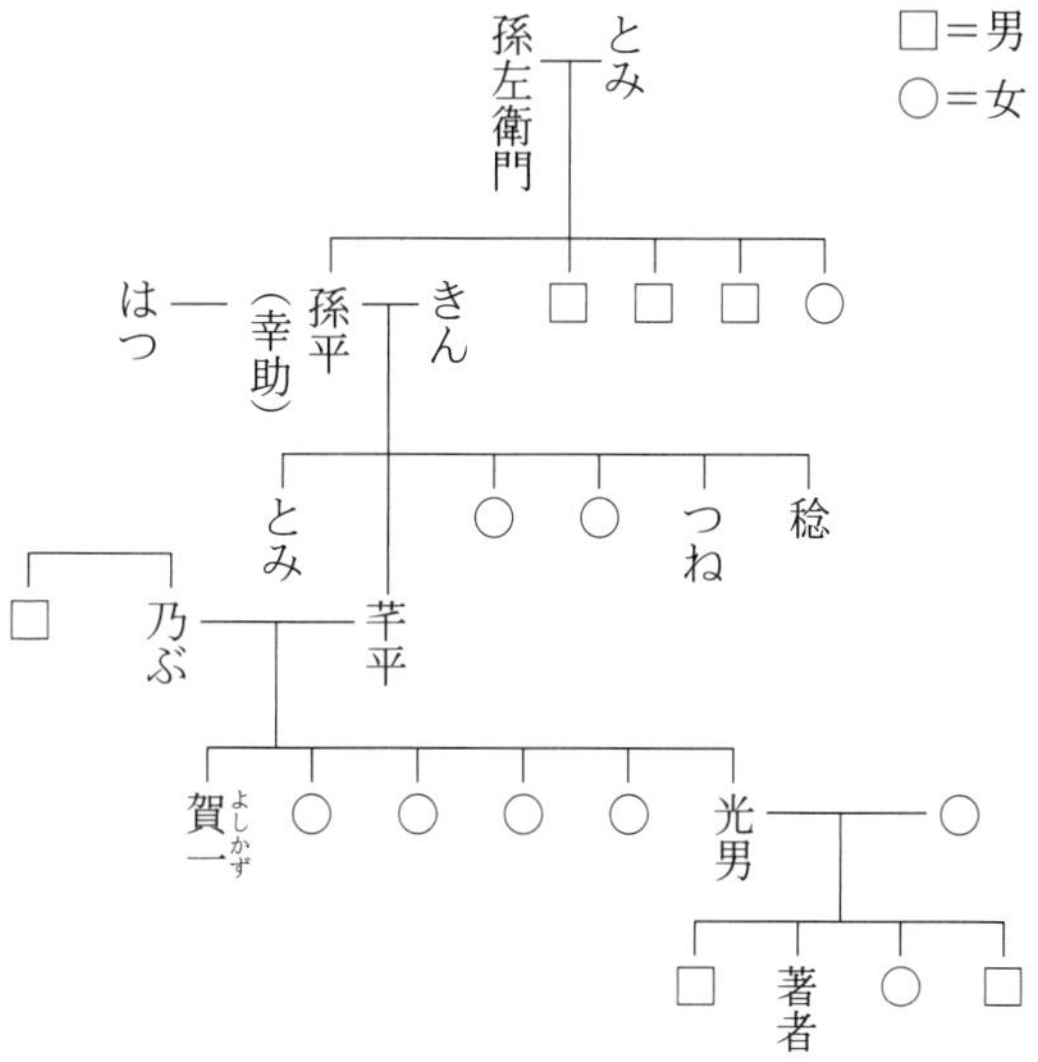
□＝男
○＝女
孫左衛門
とみ
はつ
孫平（幸助）
きん
とみ
つね
稔
乃ぶ
芋平
賀一《よしかず》
光男
著者

参考資料

『国富郷土誌』　小浜市国富公民館、平成四年
『福井県議会史（議員名鑑）』　県議会史編纂委員会、昭和五十年
『福井県議会史（第一巻）』　県議会史編纂委員会、昭和四十六年
『目でみる東京農大百年』　創立百周年記念事業実行委員会、平成七年

本書では、文脈の上から、現在では不適切な言葉を、やむを得ず当時の表現のまま使用しております。これはあくまでもその歴史的時代背景と文脈性とを考慮して用いたもので、他意がないことをお断りいたします。

著者プロフィール
藤田 恭子（ふじた きょうこ）
1947年　福井県生まれ
1971年　金沢大学医学部卒業
石川県金沢市在住　勤務医

著書（さわ　きょうこ著として）
　詩集『大きなあたたかな手』（2006年新風舎、2008年文芸社）
　詩集『ふうわり　ふわり　ぼたんゆき』（2007年新風舎、2008年文芸社）
　詩集『白い葉うらがそよぐとき』（2008年文芸社）
　詩集『ある少年の詩《うた》』（2009年文芸社）

見果てぬ夢

2011年6月15日　初版第1刷発行

著　者　藤田 恭子
発行者　瓜谷 綱延
発行所　株式会社文芸社
〒160-0022　東京都新宿区新宿1－10－1
電話　03-5369-3060（編集）
03-5369-2299（販売）

印刷所　図書印刷株式会社

ISBN978-4-286-10498-0